MISSION : ADOPTION

PRALINE, CARAMEL et NOUGAT

MISSION : ADOPTION

Fais connaissance avec les chiots
de la collection *Mission : Adoption*

MISSION : ADOPTION

PRALINE, CARAMEL et NOUGAT

ELLEN MILES

Texte français d'Isabelle Fortin

Éditions SCHOLASTIC

À tous ceux qui ont un faible pour les sucreries!

Catalogage avant publication de Bibliothèque et Archives Canada

Miles, Ellen

[Sugar, Gummi, and Lollipop. Français]

Praline, Caramel et Nougat / Ellen Miles ; texte français d'Isabelle Fortin.

(Mission, adoption)

Traduction de : Sugar, Gummi, and Lollipop.

ISBN 978-1-4431-6021-6 (couverture souple)

I. Titre. II. Titre: Sugar, Gummi, and Lollipop. Français.

III. Collection: Miles, Ellen. Mission, adoption.

PZ26.3.M545Pra 2017   j813'.6   C2017-900660-6

Édition publiée par les Éditions Scholastic, 604, rue King Ouest, Toronto (Ontario) M5V 1E1.

5 4 3 2 1   Imprimé au Canada   121   17 18 19 20 21

Illustration de la couverture : Tim O'Brien

Conception graphique de la couverture originale : Steve Scott

MIXTE
Papier issu de
sources responsables
FSC® C004071

CHAPITRE UN

Rosalie baissa la vitre de la voiture et mit le nez dehors pour humer l'air, pur et frais.

— Ça sent le pin, dit-elle.

— Nous sommes presque arrivés, annonça la mère de Maria, assise à l'avant. Et c'est tant mieux, parce que je parie que Simba a besoin de se dégourdir les pattes.

Rosalie se retourna pour jeter un œil à l'immense labrador de couleur sable installé à l'arrière de la familiale.

— C'est vrai, Simba? lui demanda-t-elle en le grattant entre les oreilles.

Le chien fit ce qui ressemblait à un sourire et haleta joyeusement. Comme il était chien-guide (il appartenait à la mère de Maria, qui était aveugle), il ne fallait pas le caresser pendant qu'il était « en service ». Il aimait donc tout particulièrement recevoir de l'attention quand il était « au repos », et un long voyage en voiture comptait certainement comme un temps de repos. Le chalet des Santiago était en pleine forêt. Rosalie avait eu l'occasion d'y aller à quelques reprises et même si le trajet pour s'y rendre était interminable, elle adorait l'endroit. Elle aimait la forêt, les sentiers et le lac étincelant. Elle aimait aussi qu'ils soient obligés de se garer bien plus bas que le chalet, puis de monter leurs bagages dans des voiturettes rouges. Elle en était même venue à apprécier le côté rustique de l'endroit : l'absence d'électricité et d'eau courante, les toilettes sèches extérieures et le poêle à bois pour se chauffer. Mais plus que tout, elle affectionnait la jolie petite chambre qu'elle partageait avec Maria, sa meilleure amie. En fait, la seule chose qui la dérangeait était de devoir se séparer de Biscuit, son chiot adoré.

Quand elle avait supplié à sa mère de la laisser

emmener Biscuit, cette dernière avait répondu :

— Tu pourras passer du temps avec Simba. Le reste de la famille s'ennuierait de Biscuit s'il partait avec toi.

Sa mère avait raison. Les Fortin adoraient ce chiot dont ils s'étaient occupés, mais qui n'était jamais reparti. Ils accueillaient des chiots, mais normalement juste le temps de leur trouver une nouvelle famille. Rosalie et ses deux jeunes frères, Charles et le Haricot, étaient toujours tristes de laisser partir les chiens dont ils avaient pris soin. Dans le cas de Biscuit, cela avait été impossible. Quand était venu le temps de lui chercher un foyer, toute la famille avait été d'accord pour le garder.

Rosalie ferma les yeux et s'imagina la fourrure brune toute soyeuse de l'animal ainsi que la tache en forme de cœur qu'il avait sur la poitrine. Biscuit aimait qu'on le caresse à cet endroit. Elle espérait que Charles n'oublierait pas de le faire en son absence. Elle soupira. Tout irait bien pour Biscuit. Après tout, elle ne serait partie que quelques jours.

Et pendant ce temps, Maria et elle passeraient de merveilleux moments au chalet. Les deux amies avaient prévu de faire de la randonnée, de grimper aux arbres et de construire des maisons de fées à l'aide de feuilles, de brindilles et d'écorce. Même si le chalet était en pleine forêt, ce n'était pas les choses à faire qui manquaient.

Rosalie sentit son estomac gargouiller. Si elle voulait avoir assez d'énergie pour le trajet à pied jusqu'au chalet, elle devait prendre une collation. Elle plongea la main dans le sac à dos à ses pieds et fouilla à l'intérieur jusqu'à ce qu'elle trouve la barre qu'elle avait apportée.

— Tu en veux? demanda-t-elle à Maria en la déballant.

Maria écarquilla les yeux. Elle leva les mains en l'air et secoua la tête.

— Oh! s'exclama-t-elle, j'ai oublié de te le dire.

Mme Santiago se retourna vers elles.

— Est-ce que ça sent le chocolat? s'enquit-elle.

— Non, maman, répondit rapidement Maria. C'est

juste… rien.

Elle désigna le sac à dos de Rosalie.

— Range-la, articula-t-elle silencieusement.

— Pourquoi? Qu'est-ce qui se passe? demanda Rosalie.

— Tu ne lui as pas dit? s'enquit Mme Santiago.

— Je voulais le faire, commença Maria, mais…

Mme Santiago secoua la tête.

— Rosalie, nous avons décidé de ne pas manger de sucre en fin de semaine, car notre famille a un peu trop abusé des sucreries dernièrement.

Maria leva les yeux au ciel et dit en pointant le doigt en direction de sa mère :

— *Elle* a décidé. Ce n'était certainement pas mon idée.

— Ni la mienne, ajouta M. Santiago, au volant de la voiture. Mais ta mère a raison. Je mangeais beaucoup trop de biscuits.

— Ce n'est que pour quelques jours, dit Mme Santiago. Je pense que nous allons survivre.

Rosalie n'en était pas si sûre. Sa famille ne

mangeait pas beaucoup de sucreries. Sa mère était contre la malbouffe et était très stricte sur la quantité de bonbons d'Halloween qu'ils pouvaient manger chaque jour. Ils avaient normalement droit à un dessert qui se limitait à un biscuit ou deux. Elle trouvait injuste que la règle des Santiago s'applique à elle aussi.

Elle fixa des yeux sa barre de chocolat. Elle soupira et remballa la délicieuse gâterie fondante. Puis elle la remit dans son sac.

— D'accord, fit-elle.

Elle savait qu'elle avait de la chance d'avoir été invitée au chalet et que les règles étaient les règles. Du moins, c'est ce qu'aurait dit sa mère, en plus de « fais attention à tes manières » et de « sois serviable ». De toute façon, peut-être arriverait-elle à s'éclipser et à manger le chocolat en cachette plus tard. Cela l'aiderait à survivre à cette fin de semaine sans sucre. Après tout, personne ne l'avait consultée avant de prendre la décision.

— Je vais la prendre, déclara Mme Santiago en

tendant la main. Pour éviter que tu ne sois tentée de la manger.

Maria gloussa.

— Elle te connaît bien, dit-elle.

— Exactement comme ma mère, répondit Rosalie tandis qu'elle fouillait dans son sac.

Elle tendit la friandise à Mme Santiago. Elle persistait à croire que c'était injuste, mais avait-elle vraiment le choix?

— Excellent, fit Mme Santiago en rangeant le chocolat dans son sac à main. Tu me remercieras, j'en suis sûre. Je parie que nous allons tous nous sentir beaucoup mieux, même après seulement quelques jours. Mon amie Hélène pense que nous allons perdre l'envie de manger du sucre et que nous ne reviendrons jamais à nos anciennes habitudes.

— Hélène dit beaucoup de choses, marmonna M. Santiago.

La mère de Maria l'ignora. Elle sortit des noix de son sac et en offrit à tout le monde.

— Amandes? proposa-t-elle. Hélène dit que les

noix aident à contrôler les rages de sucre.

Ils en prirent tous quelques-unes. Le temps que Rosalie finisse sa poignée, M. Santiago s'engageait dans une petite clairière.

— Nous y sommes! lança-t-il en s'enfonçant dans son siège et en s'étirant les bras. C'est le temps de décharger la voiture.

Maria grogna. Rosalie savait que son amie commençait à en avoir assez de charger, décharger et traîner des bagages. Les Santiago allaient au chalet presque toutes les fins de semaine. Mais Rosalie était pleine d'énergie. Elle avait hâte de traîner sa voiturette rouge le long du sentier cahoteux et couvert de racines.

— Si on le fait tous ensemble, ça ira vite, dit-elle à son amie.

Elle sortit de la voiture et se mit à aider M. Santiago. Ils chargèrent les boîtes et les sacs dans les voiturettes que la famille laissait dans un petit abri à côté du sentier.

Ils furent bientôt prêts à partir. Rosalie et Maria

tiraient ensemble une voiturette tandis que M. Santiago traînait l'autre. Simba, de retour au travail dans son harnais, guidait Mme Santiago et le reste du groupe sur le chemin bien tracé qui serpentait entre de grands arbres et enjambait des ruisseaux limpides. Rosalie sentit son enthousiasme grandir à l'approche de la fin du sentier. Elle scrutait la forêt, impatiente d'apercevoir le chalet. Soudain, elle le vit, au milieu d'une petite clairière, plus mignon que jamais. Bientôt, de la fumée sortirait de la cheminée, du chili mijoterait sur le poêle, l'éclat intime des lampes à gaz illuminerait le chalet et la fin de semaine commencerait vraiment. Rosalie savait que, même sans bonbons ni biscuits, Maria et elle s'amuseraient follement.

— Qu'est-ce qu'il y a sur le porche? demanda-t-elle.

— On dirait un colis, répondit M. Santiago. Une grosse boîte de carton. As-tu commandé quelque chose? demanda-t-il à sa femme.

— Non, fit-elle. Mais qu'est-ce que c'est que ce bruit?

Rosalie tendit l'oreille.

— Quelque chose qui pleure, dit-elle. On dirait...

À ce moment, elle lâcha la poignée de la voiturette et se mit à courir, laissant Maria derrière elle. Elle bondit sur le porche, puis souleva le rabat de la boîte.

— C'est ça! cria-t-elle. Ce sont des chiots.

CHAPITRE DEUX

— N'importe quoi! lança Maria en s'esclaffant. Je sais que tu blagues.

Rosalie regarda de nouveau dans la boîte. Puis elle se retourna vers son amie et secoua la tête.

— Non, c'est vrai, dit-elle.

Elle se pencha, plongea les mains dans la boîte et en ressortit un petit chiot brun tout frétillant.

— Un chiot! hurla Maria en s'élançant vers le chalet.

L'animal que tenait Rosalie se recroquevilla sur lui-même et tenta d'entrer dans son chandail.

— Chut! fit-elle. Tu lui fais peur.

Maria ralentit. Elle monta doucement sur le porche et jeta un œil dans la boîte.

— Des chiots, murmura-t-elle. Ce sont vraiment des chiots.

Elle en sortit un autre.

Puis un autre.

— Il y en a trois, déclara Rosalie après avoir fouillé la couverture rose qui tapissait l'intérieur de la boîte.

Elle ne voulait pas risquer d'en oublier un.

— Je n'arrive pas à y croire, ajouta-t-elle.

— Moi non plus, dit M. Santiago, qui avait rejoint les filles. Qu'est-ce qu'une boîte contenant des chiots fait sur notre porche?

Mme Santiago, que Simba aidait à gravir les marches, secoua la tête.

— Des chiots? demanda-t-elle. Vraiment? Je pensais que Rosalie blaguait.

— Non, non, ce sont bien des chiots, fit Rosalie en observant la minuscule créature toute douce qu'elle tenait. Bonjour, petit bonhomme. D'où viens-tu?

Le chiot soutint son regard sans ciller, même si sa vision semblait un peu floue. Il sortit une minuscule langue rose et tourna la tête pour lécher le pouce de

Rosalie. La jeune fille en eut un frisson.

— Oh! fit-elle.

Elle se pencha pour sentir la tête de l'animal. Elle adorait l'odeur des bébés chiens. C'était comme un mélange de lait sucré, de sa couverture préférée et peut-être d'un peu de muscade et de cannelle. Elle inspira profondément.

— Ahhhh, ajouta-t-elle.

Maria tendit un des chiots à son père, puis ils s'assirent tous sur le porche pour admirer les petites bêtes.

— Assis, Simba, ordonna Mme Santiago. Maintenant, reste. Sois un bon garçon.

Le chien s'assit et demeura complètement immobile, à l'exception de son museau, qui remuait tandis qu'il fixait intensément les chiots. Mme Santiago s'installa à côté de son mari et tendit la main pour toucher l'animal qu'il tenait.

— Il est si doux! Et minuscule, ajouta-t-elle en tâtant la tête du chien. Quel âge pensez-vous qu'ils ont? Dites-moi aussi de quoi ils ont l'air. Je parie qu'ils sont adorables!

Rosalie leva son chiot dans les airs pour l'observer de plus près. Il tenait parfaitement dans ses mains et ne pesait pas plus qu'un paquet de biscuits aux pépites de chocolat. Il était magnifique. Elle aurait souhaité que Mme Santiago puisse le voir.

— Ils sont brun pâle, dit-elle à la mère de Maria. Avec le poil court et de petites oreilles pendantes. Ils ont un très beau masque noir sur le visage et leur peau est toute plissée. Ils sont vraiment mignons.

Son chiot avait le museau noir, de grands yeux ronds et une queue étrangement recourbée. Quand il ouvrit la gueule pour bâiller, Rosalie aperçut ses minuscules dents acérées.

— Je pense qu'ils sont très jeunes, ajouta-t-elle. Ils commencent sûrement tout juste à manger de la nourriture solide. On dirait que les dents de lait du mien viennent à peine de finir de pousser.

Le chiot se mit à se tortiller. Elle le ramena contre elle, où il semblait plus confortable. Il s'y sentait probablement en sécurité.

— Le mien est un mâle, fit Maria. Et c'est la chose la plus mignonne que j'aie jamais vue.

Elle soupira et embrassa la tête du chiot. Il se blottit alors dans ses mains et se mit à les lécher avec enthousiasme. Maria gloussa.

— Je pense qu'il est également très affectueux. Il n'est pas aussi timide que le tien, Rosalie.

— Moi, j'ai une femelle et elle n'est pas timide du tout! annonça M. Santiago tandis que la petite créature se dégageait pour aller explorer le porche. Elle flaira son chemin jusque derrière la grosse boîte.

M. Santiago se leva d'un bond pour la rattraper.

— Hé! regardez ce qu'elle a trouvé, fit-il.

Il tendit le chiot à son épouse, puis alla ramasser un sac de nourriture pour chiens, jusqu'alors caché par la boîte.

— Je pense que tu as raison à propos de la nourriture solide, dit-il à Rosalie.

Il se gratta la tête.

— Mais je ne comprends pas. Pourquoi quelqu'un laisserait-il des chiots sur notre porche?

— Papa, regarde! fit Maria. Il y a une note collée sur le sac.

Son père retourna le sac, puis en retira une feuille de papier.

— Nous ne pouvons nous occuper de trois chiots. Nous espérons que vous en serez capables, lut-il.

Il retourna le papier, puis le retourna de nouveau.

— C'est tout ce qui est écrit.

Il se gratta la tête encore une fois.

— Qu'est-ce que c'est que cette histoire? dit-il.

— Quelqu'un doit savoir que nous venons ici toutes les fins de semaine, fit Mme Santiago. Peut-être que la personne a vu Simba et qu'elle sait donc que nous aimons les chiens.

Elle caressa doucement la tête du chiot qu'elle tenait.

— Et elle s'est dit que nous pourrions prendre soin d'eux, conclut-elle.

Rosalie était tellement sous le choc qu'elle n'arrivait même pas à parler. Elle avait une boule dans la gorge et les larmes aux yeux. Qui ferait une chose pareille? Et si les Santiago n'étaient pas allés au chalet cette fin de semaine là? Ces pauvres petits auraient pu mourir de faim... ou de froid! Et pourquoi voudrait-on abandonner trois adorables chiots en bonne santé? Ils semblaient bien nourris et n'étaient ni sales ni infestés de puces, comme beaucoup de chiens errants. On avait dû les laisser là à peine quelques heures plus tôt.

— Alors, est-ce qu'on peut? demanda Maria.

— Est-ce qu'on peut quoi? fit sa mère.

— S'occuper d'eux, répondit la jeune fille en se collant la joue sur la tête de l'animal qu'elle tenait. Ils ont besoin de nous!

Rosalie sentit les battements de son cœur s'accélérer. Trois chiots à accueillir? Soudainement, la fin de semaine devenait beaucoup plus excitante. Nul besoin de chocolat quand on a des chiots avec lesquels s'amuser! Elle retint son souffle, attendant la réponse des parents de Maria. Après tout, elle n'était qu'une invitée.

— Eh bien, commença M. Santiago.

— Nous pouvons le faire! ne put s'empêcher de lancer Rosalie. Je me suis déjà occupée de chiots aussi jeunes. Même d'un plus jeune encore. Vous vous rappelez ce cocker spaniel nommé Babette? Il fallait la nourrir au biberon. Et j'ai déjà pris soin de plus d'un chiot à la fois. Vous vous souvenez de Chichi et Wawa, les deux sœurs chihuahuas?

Rosalie s'était occupée de tellement de chiots qu'elle se sentait comme une vraie professionnelle. Elle saurait en gérer trois en même temps. Aucun problème!

— Je ne sais pas, dit M. Santiago.

Le menton appuyé sur les mains, il examina chacun des chiots. Celui de Maria léchait toujours le menton de la jeune fille. Celui de Mme Santiago tentait de se libérer pour aller explorer les alentours. Et le petit chiot timide de Rosalie était toujours blotti contre celle-ci, comme s'il essayait de se cacher.

— Trois chiots? continua-t-il. Ça me paraît beaucoup de travail. Ce n'est pas tout à fait ainsi que j'envisageais ma fin de semaine.

Il s'assit près de son épouse.

— Qu'en penses-tu? s'enquit-il.

— Hmmmm, fit la mère de Maria en inclinant la tête.

CHAPITRE TROIS

Rosalie retint son souffle. Elle croisa les doigts... et les orteils. Mme Santiago resta silencieuse pendant ce qui parut être une heure, peut-être même une année.

— Pour être honnête, dit-elle finalement, je me demande si nous avons vraiment le choix. Il est trop tard pour faire quoi que ce soit d'eux aujourd'hui, surtout que nous ne captons pas le réseau téléphonique. Et de toute façon, nous devons nous installer dans le chalet avant la noirceur.

Elle fit une pause. Rosalie croisa les doigts encore plus forts.

— Nous allons devoir les garder, du moins pour la nuit, conclut-elle.

Maria poussa un cri de joie, et le chiot dans les bras de Rosalie s'écrasa davantage contre la poitrine de la jeune fille. On aurait presque dit qu'il essayait d'entrer à l'intérieur d'elle.

— Maria, tu dois absolument arrêter de faire ça, dit Rosalie à voix basse.

Généralement, Maria détestait que son amie lui dise quoi faire, mais, cette fois, elle se contenta de porter la main à sa bouche.

— Oups! fit-elle. Je sais. Tu as raison.

Rosalie continua de tenir son chiot bien serré contre elle, l'entourant de ses bras de façon à ce qu'il ne puisse que sortir le bout du museau.

— Ça va bien aller, lui chuchota-t-elle tandis qu'elle baissait la tête pour embrasser la minuscule tête brun velouté de l'animal. Ne t'en fais pas, petit. Nous allons prendre soin de toi et des autres.

Rosalie était emballée. Elle devait s'occuper de trois chiots. Au beau milieu de la forêt! Ça, c'était de la nouveauté. Une nouveauté extraordinaire. Soudain, il lui fallut user de toute la volonté dont elle disposait pour ne pas crier de joie comme Maria l'avait fait. Au lieu de ça, elle embrassa très doucement à plusieurs reprises la tête du chiot qu'elle tenait. L'animal se détendit et s'endormit. Elle gloussa.

— En cas de doute, il vaut mieux faire la sieste, dit-elle. Ma tante Amanda dit que c'est ce que pensent les chiens.

Rosalie eut un pincement au cœur à la pensée de sa tante. Amanda gérait une garderie pour chiens. Elle en savait énormément sur eux : comment leur donner le bain, quels jouets convenaient à chaque type de chien, comment leur apprendre à marcher sur leurs pattes arrière. Si seulement elle était là en ce moment! Rosalie était censée être la spécialiste des chiots, mais elle savait qu'elle allait avoir beaucoup de questions. Et sa tante aurait sûrement eu les réponses. Mais il n'y avait pas de téléphone au chalet. Il n'y avait même pas l'électricité!

— Donc, par quoi est-ce qu'on commence? s'enquit Maria.

Mme Santiago leva la main.

— Si ces petits restent, je pense qu'il faudrait commencer par les présenter à Simba. Il n'est pas censé jouer avec d'autres chiens, sauf si je l'y autorise. Je suis certaine que ça le rend fou de rester là et de me voir tenir ce petit coquin.

Elle donna un ordre à Simba et lui fit un signe de la main. Le chien, jusqu'alors calmement étendu près d'elle, se leva.

Simba étendit le cou pour renifler le chiot femelle qui tentait maintenant de s'extirper des bras de Mme Santiago. Il repoussa gentiment l'animal du bout du museau, la queue remuant joyeusement. La petite se réinstalla en soupirant.

J'essayais juste d'explorer un peu!

Puis Simba se dirigea vers Maria et laissa le chiot qu'elle tenait renifler sa grosse tête. Le petit semblait aimer Simba. Il léchait l'immense truffe du chien de sa minuscule langue rose.

Oh là là! Tu es grand. Mais je sens que tu es doux.
Vas-tu aussi prendre soin de nous?

Finalement, Simba s'approcha de Rosalie et attendit patiemment que le chiot timide sorte la tête, curieux de rencontrer cette nouvelle créature immense. Quand il remarqua que le chiot bougeait nerveusement le museau, il s'avança et frotta doucement son propre museau contre celui du chiot. Le chiot flaira prudemment Simba.

Je crois que je ne devrais pas avoir peur de toi.

— Ohhhh! fit Rosalie, complètement sous le charme. Je pense qu'ils vont tous bien s'entendre.

Elle gratta la tête de Simba.

— Quel bon chien! lui dit-elle.

Ensuite, tout le monde passa à l'action. Ils remirent donc les chiots dans la boîte.

— C'est seulement pour quelques minutes, mon

beau! dit Rosalie au sien en le déposant.

Puis M. Santiago transporta la boîte à l'intérieur, et Mme Santiago demanda à Rosalie et à Maria de vider les glacières pendant qu'elle commençait à préparer le souper. Rosalie était toujours étonnée de l'aisance avec laquelle Mme Santiago se déplaçait dans le chalet même si elle ne voyait pas. Dans ce petit espace bien organisé, elle n'avait pas du tout besoin de l'aide de Simba. Elle disait qu'il lui suffisait de se créer une sorte de carte mentale, que cela lui permettait de se rappeler où les choses se trouvaient.

— Je vais faire du feu dans le poêle, annonça M. Santiago. Ça les gardera au chaud.

Il ressortit pour aller à la remise et revint les bras chargés de bois d'allumage et de bûches. Puis il se mit au travail.

Pendant ce temps, Rosalie et Maria fouillèrent dans un coffre pour trouver de vieux draps de flanelle qui serviraient de lit aux chiots.

— Ce sera comme un petit nid, dit Rosalie. Et peut-être que nous devrions mettre du papier journal dans le coin de la pièce. Ça m'étonnerait qu'ils soient déjà propres. D'après Mme Daigle, les chiots ont besoin d'un endroit pour faire leurs besoins.

Mme Daigle était propriétaire du Quatre Pattes, le refuge où Rosalie faisait du bénévolat.

— Il vaudrait peut-être mieux les sortir avant de nous installer, proposa Maria. Je les entends gémir un peu. Ils ont peut-être envie de faire leurs besoins maintenant.

— Bonne idée, fit son père. Je vous suggère de les sortir un à la fois, pour mieux les surveiller.

Rosalie se dit qu'il n'était sûrement pas si difficile pour deux personnes de surveiller trois chiots, mais elle ne protesta pas. Elle se dirigea vers la boîte et en sortit le plus petit chiot, celui qui était timide.

— Tu as envie de faire pipi? lui demanda-t-elle tandis qu'elle le transportait vers la porte.

Une fois dehors, elle le déposa par terre. Plutôt que de s'éloigner, il courut entre les pieds de la jeune fille et se recroquevilla, comme s'il voulait se cacher.

— Ça va aller, lui dit-elle.

Elle le reprit et le mit dans l'herbe.

— Vas-y. Fais ce que tu as à faire.

Le chiot se laissa tomber sur le derrière et leva les yeux vers elle.

C'est un peu effrayant ici. Pourrais-tu me reprendre dans tes bras?

Rosalie et Maria attendirent patiemment jusqu'à ce que le chiot se relève, avance maladroitement de quelques pas, puis s'accroupisse finalement.

— Bon chien! fit Rosalie en le reprenant doucement pour le ramener à l'intérieur.

Ensuite, elles prirent l'autre mâle. Il ne cherchait qu'à lécher et câliner tout le monde. Quand Maria le mit par terre, il posa les pattes sur le genou de la jeune fille et lui sourit.

Allez, je veux d'autres câlins!

Quand il finit par faire ce qu'il avait à faire, Maria

le félicita. Elles le ramenèrent aussi à l'intérieur, puis sortirent la femelle de la boîte.

— C'est ton tour, annonça Rosalie.

Quand elle déposa la petite par terre, celle-ci détala vers la remise, puis se précipita vers les toilettes et courut enfin vers le baril dans lequel les Santiago récupéraient l'eau de pluie.

Youpi! C'est tellement chouette de découvrir un nouvel endroit.

— Hé! s'exclama Rosalie, alors que Maria et elle tentaient de la rattraper. Espèce de petite bête sauvage!

À la vue de cette minuscule exploratrice, elle ne put s'empêcher de rire. Après quelques minutes, la petite s'accroupit près du coin du porche. Rosalie la félicita, puis l'attrapa avant qu'elle ne se sauve encore.

— Fiou! fit Rosalie tandis qu'elles rentraient. Ça va être beaucoup de travail, mais au moins, ils comprennent déjà qu'ils sont censés faire ça dehors plutôt qu'à l'intérieur.

— Je n'en suis pas si sûre, répondit Maria, qui regarda dans la boîte en se bouchant le nez. Je pense que nous allons devoir laver la couverture.

Rosalie et Maria jouèrent avec les chiots jusqu'à l'heure du souper. Elles s'amusaient beaucoup à les regarder trottiner sur leurs pattes instables. Leur minuscule queue en l'air, ils exploraient le chalet en reniflant, tripotant et léchant tout... mais faisaient aussi pipi partout.

— Oups! fit Rosalie en soulevant la femelle. Elle recommence.

Elle courut à l'extérieur avec la petite, la félicita quand elle s'accroupit, puis la ramena ensuite à l'intérieur.

— Ça risque d'être un problème, annonça-t-elle. Ils ne sont vraiment pas encore propres.

— Peut-être que nous devrions envisager de leur construire une sorte de parc demain, proposa

M. Santiago en se frottant le menton. Avant qu'ils ne dévastent le chalet. Je pense qu'il me reste du bois dans la remise.

Après le repas, qu'ils prirent avec les chiots sur les genoux, Rosalie et Maria firent la vaisselle. Une fois le dernier bol essuyé, Rosalie alla jeter un œil aux chiots.

— Où est la femelle? s'enquit-elle.

M. Santiago tenait un des mâles alors que Mme Santiago caressait l'autre.

— Elle était sous le canapé, répondit M. Santiago. Je la surveillais.

Rosalie regarda sous le canapé. Pas de chiot. Elle chercha ailleurs dans la pièce.

— Je ne la vois pas, dit-elle.

— Elle est peut-être allée dans notre chambre? demanda Mme Santiago.

Rosalie alla vérifier.

— Non! s'écria-t-elle quand elle l'aperçut.

CHAPITRE QUATRE

La petite farfouillait dans le sac à main de Mme Santiago, qui était posé à côté du lit. Rosalie la prit et la ramena dans la pièce principale.

— Elle était sur le point d'attraper le chocolat, dit-elle. Ç'aurait pu être un vrai désastre. Le chocolat est souvent toxique pour les chiens.

Rosalie, soudainement très fatiguée, s'assit sur le canapé. Peut-être qu'elle n'était pas la super experte des chiots qu'elle pensait être. Peut-être que, finalement, tout ceci n'était pas une si bonne idée que ça.

M. Santiago poussa un soupir.

— Tout compte fait, je devrais fabriquer ce parc dès maintenant, dit-il en se levant et en s'étirant. Ils ont besoin d'un endroit sécuritaire où dormir et cette boîte commence à empester.

Quand vint l'heure de se coucher, les chiots étaient confortablement installés dans un parc en bois rempli de couvertures d'un côté et de papier journal déchiré de l'autre. Pourtant, personne ne dormit beaucoup cette nuit-là. Rosalie et Maria se levèrent plusieurs fois pour sortir les chiots et s'assurer qu'ils allaient bien. M. et Mme Santiago se réveillèrent en grommelant chaque fois que les chiots poussaient un petit cri. Et Simba, qui cherchait à grimper dans le parc, ne cessa de gémir.

Finalement, au beau milieu de la nuit, M. Santiago sortit de sa chambre en se frottant les yeux. Rosalie était en train de remettre la femelle dans le parc. Le père de Maria alluma la lampe à gaz, prit sa scie et scia un côté du parc pour que Simba puisse l'enjamber, mais pas les chiots.

— Voilà! lança-t-il au chien, qui arpentait nerveusement la pièce. C'est ce que tu voulais?

Simba bondit à l'intérieur et s'installa sur le « nid »

de couvertures. Les trois chiots se blottirent contre lui et s'endormirent aussitôt.

— Ahhh! firent Rosalie et Maria qui avaient assisté à toute la scène.

Après, sachant que Simba et les petits étaient heureux et en sécurité, tout le monde dormit beaucoup mieux.

Quand Rosalie se réveilla de nouveau, le soleil entrait par la fenêtre. À l'extérieur du chalet, tout était tranquille. On n'entendait que le chant des oiseaux et la brise dans les arbres. Mais à l'intérieur, les chiots se chamaillaient dans leur parc en poussant de petits grognements joyeux. Rosalie sauta du lit et alla leur dire bonjour. La femelle était grimpée sur ses deux frères, et ses pattes atteignaient presque le bord du parc.

— Oh oh! fit Rosalie. J'espère que tu ne grandiras pas trop vite. Tu arriveras à sortir de là en un rien de temps.

Elle sortit la petite intrépide du parc.

— Comment vas-tu en cette merveilleuse journée?

Maintenant que nous commençons à vous connaître, toi et tes frères, je pense qu'il est temps de vous trouver des noms.

Simba observait chacun des mouvements de la jeune fille, comme pour s'assurer qu'elle manipulait correctement l'animal.

— N'oublie pas que nous ne les garderons pas longtemps, dit Mme Santiago en sortant de sa chambre.

Elle remonta les manches de son peignoir et alla dans la cuisine préparer du café.

— Je sais, répondit Rosalie, qui s'apprêtait à sortir la femelle.

La petite chose se tortillait et lui mordillait le menton de ses minuscules dents pointues.

— Mais Mme Daigle dit toujours qu'il faut donner des noms temporaires aux chiots pour pouvoir commencer à les traiter chacun un peu différemment, selon leur personnalité. Et en ce moment, ils ont besoin d'attention individuelle.

Entre-temps, Maria et M. Santiago s'étaient levés.

Ils sortirent chacun un chiot du parc et rejoignirent Rosalie à la porte.

C'était une matinée magnifique. L'air était frais et le ciel dégagé. Pendant que les chiots faisaient ce qu'ils avaient à faire, Rosalie profitait simplement du moment en compagnie de Maria et de son père.

M. Santiago se frotta les yeux et bâilla.

— J'ai envie d'un café, fit-il.

Puis il fronça les sourcils.

— Un café sans sucre, ajouta-t-il. Beurk.

Maria et Rosalie échangèrent un sourire. M. Santiago n'avait pas aimé le dessert de la veille non plus. « Une pomme ne satisfait pas vraiment mon envie de sucre », avait-il dit en regardant le fruit dans sa main d'un air triste.

— C'est étrange, dit alors Rosalie. Le sucre ne me manque pas autant que je l'aurais imaginé. Peut-être parce que ces chiots occupent toutes mes pensées.

— Je sais! s'exclama Maria.

Elle regarda le petit chiot timide qui venait de

courir se cacher entre ses jambes.

— Nous allons leur donner des noms de sucreries! Celui-ci pourrait s'appeler Caramel.

Rosalie éclata de rire. Elle savait que son amie adorait les friandises : caramel, sucettes, oursons, etc. Maria avait un jour entendu dire qu'il existait en Australie des grenouilles gélifiées rouges. Et elle avait l'ambition d'en manger un jour.

— C'est une bonne idée, dit Rosalie. Je pense que celle-ci pourrait s'appeler... Praline.

La petite femelle mordit alors le pyjama de Rosalie, qui se mit à rire. Elle la prit ensuite dans ses bras.

— Tu es prête pour le déjeuner, Praline?

M. Santiago s'agenouilla et ouvrit les bras. Le troisième chiot voulut courir vers son nouvel ami, mais s'empêtra dans ses pattes.

— Viens, Nougat, lança M. Santiago. Que pensez-vous de ce nom?

— C'est une blague? se contenta de dire Mme Santiago quand ils lui annoncèrent les noms qu'ils avaient choisis.

Puis elle éclata de rire et haussa les épaules.

— J'aurais dû me douter que vous trouveriez une façon de contourner la règle.

Ils remirent les chiots dans leur parc. Rosalie et Maria nettoyèrent les bols des petits, les remplirent et les déposèrent près d'eux. Dans leur empressement, les chiots trébuchèrent les uns sur les autres.

— Oh non! s'exclama Maria. Caramel n'arrive pas à attraper la nourriture.

— Ce nom lui va vraiment bien, je trouve, dit Mme Santiago en déposant des œufs et des rôties sur la table.

Maria était occupée à aider le petit animal timide à manger.

— Moi aussi, répondit-elle. Mange, Caramel.

Rosalie et Maria engloutirent leur déjeuner pendant que les petits finissaient de manger. Puis il fut de nouveau temps de les sortir. Rosalie savait que les chiots avaient presque toujours envie de faire leurs besoins immédiatement après le repas et le réveil.

— Je ne savais pas que les chiots demandaient autant de travail, dit Maria.

— C'est fou, hein? Mais si on peut leur apprendre la propreté, ce sera beaucoup plus facile de leur trouver un foyer, expliqua Rosalie.

Cette routine commençait aussi à l'ennuyer. Comment les gens faisaient-ils pour s'occuper de grosses portées de chiots? Les chiennes pouvaient avoir jusqu'à dix ou douze chiots à la fois!

Maria emprunta le téléphone de son père et prit de nombreuses photos des petits pendant qu'ils se promenaient dehors. Les chiots s'arrêtaient à l'occasion pour flairer l'herbe ou se chamailler entre eux. Rosalie ne pouvait résister à leurs petits cris.

— Ahhhh! Je voudrais tant pouvoir les garder, dit-elle. Mais j'aimerais également savoir de quelle race ils sont. C'est dur à dire quand ils sont aussi jeunes. Mais, leurs oreilles pendantes et leur visage plissé ne changeront pas trop. Même chose pour leur adorable queue arrondie. Je pense que ce sont des puggles.

— Des puggles? fit Maria en éclatant de rire. Quel nom étrange. D'où est-ce que ça vient?

— De pug, qui est le nom anglais du carlin, dit-elle en levant une main. Et de beagle, ajouta-t-elle en levant l'autre. Tu comprends?

Elle regardait son amie en souriant.

— Donc, ce sont des bâtards? s'enquit Maria. Ils sont croisés, comme Biscuit?

— Si on veut, répondit Rosalie. Mais plus comme un chien hybride, où une personne a volontairement croisé deux chiens de race. Par exemple, le labradoodle est un mélange du labrador et du caniche, qu'on appelle poodle en anglais. Tu te rappelles Gus? C'était un labradoodle.

Gus était l'un des chiens les plus populaires que les Fortin avaient accueillis. Il avait le poil noir frisé et un visage enjoué. Tout le monde voulait l'adopter.

— Je comprends, fit Maria en hochant la tête.

— On dit que les puggles ont les meilleures qualités des deux races, poursuivit Rosalie. Comme ils ont le museau plus long des beagles, ils risquent moins d'avoir les problèmes de respiration qui peuvent toucher les carlins, mais ils sont amicaux et sociables comme les carlins.

Elle leva les yeux et vit M. Santiago sortir du chalet, clés de voiture en main.

— Je vais acheter quelques trucs au magasin, dit-il. Je vais prendre de la nourriture pour chiens et me renseigner pour voir si quelqu'un souhaiterait adopter un chiot... ou trois.

Il tendit la main vers son téléphone, que Maria lui rendit.

— Pouvez-vous envoyer quelques photos à Mme Daigle et à ma tante Amanda? dit Rosalie. Demandez-leur aussi si elles pensent que ce sont des puggles. Peut-être qu'elles pourront nous donner quelques conseils sur la façon d'en prendre soin.

— C'est noté, fit M. Santiago une fois que Rosalie lui eut donné les adresses de courriel. Prenez bien soin des chiots pendant mon absence.

Il s'engagea sur le sentier, et Rosalie dut courir après Praline pour empêcher la petite aventurière de le suivre.

Maria regarda sa montre, puis s'étendit dans l'herbe et laissa les trois chiots grimper sur elle.

— Il n'est que neuf heures et je suis déjà fatiguée, fit-elle. Comment arriverons-nous à divertir ces petits toute la journée?

CHAPITRE CINQ

Rosalie s'assit à côté de son amie et mit Praline sur ses genoux.

— Quand Biscuit était petit, nous lui achetions toutes sortes de jouets pour le tenir occupé, expliqua-t-elle pendant que Praline se tortillait et lui mordillait les doigts. Des peluches à câliner, des jouets à mâcher, des balles et des disques à attraper. Mais ce n'est pas comme s'il y avait une animalerie près d'ici.

— Aucune chance, répondit Maria. Et même si c'était le cas, nous n'avons pas un sou.

— Il va donc falloir être créatives, dit Rosalie en se levant d'un bond, Praline toujours dans les bras. Allons voir ce qu'on peut trouver à l'intérieur.

Quand elles remirent les chiots dans le parc, Simba y grimpa et les accueillit joyeusement en les flairant et en remuant la queue. Il les inspecta tous attentivement, comme pour s'assurer que rien ne leur était arrivé. Puis il s'étendit et laissa les chiots se pelotonner contre lui.

— Ohhhhh! fit Maria.

Elle guida sa mère jusqu'au parc et l'aida à « voir » à l'aide de ses mains ce que Simba faisait.

— C'est vraiment mignon n'est-ce pas? dit-elle.

— Simba est franchement surprenant, répondit sa mère. Qui aurait cru qu'il ferait un si bon papa?

Mme Santiago caressa la grosse tête de son chien en signe d'approbation.

— Tu es un bon chien, mon beau, lui dit-elle.

Rosalie et Maria partirent à la recherche de jouets potentiels dans le chalet.

— Que penses-tu de ça comme balle? demanda Rosalie en montrant à son amie une paire de chaussettes roulée qu'elle venait de sortir de son sac. Comme c'est mou, ça ne risque pas de leur faire mal.

Un chiot plus âgé risquerait de les mâchonner, mais leurs petites dents de bébé ne sont pas assez solides pour ça.

— Bonne idée. Et s'ils ont envie de mordre dans quelque chose, ils pourraient utiliser ceci, dit Maria, un tube de rouleau d'essuie-tout à la main.

— Un rouleau à youhou! s'exclama Rosalie.

— Un quoi? fit Maria en haussant les sourcils.

— C'est comme ça qu'on les appelle chez nous, répondit Rosalie.

Elle prit le rouleau des mains de son amie.

— Parce qu'on peut faire ceci, dit-elle.

Elle porte le rouleau à la bouche et lance un « youhou! », comme si elle parlait dans un mégaphone. Mais elle le fit tout doucement, pour ne pas effrayer les chiots.

Maria éclata de rire.

— C'est la chose la plus ridicule que j'aie jamais entendue! dit-elle.

Rosalie haussa les épaules.

— C'est un bon jouet, par contre, répondit-elle. Et

avec tous les essuie-tout que nous utilisons pour nettoyer les dégâts, nous n'en manquerons pas.

Quand les chiots se réveillèrent de leur sieste du matin, Rosalie et Maria étaient prêtes. Après les avoir sortis tous les trois, elles s'assirent par terre à l'intérieur pour s'amuser avec les jouets faits maison.

— Regarde! Nougat aime la corde, s'exclama Maria, qui avait fait plusieurs gros nœuds sur un bout de corde.

Elle jouait doucement à souque à la corde avec Nougat pendant que Praline sautillait en tous sens pour attraper un bout de la corde.

Caramel, toujours aussi timide, se cachait derrière Simba. Rosalie essaya de l'attirer en faisant rouler la balle sur le plancher, mais il s'en éloignait.

— Je pense que cette chose qui bouge toute seule lui fait peur, dit Rosalie.

Elle la lança à Simba, qui l'attrapa facilement au vol.

— Tu vois, Caramel? C'est amusant.

Elle fit de nouveau rouler la balle, mais le chiot

s'en éloigna en courant et alla se cacher sous une chaise.

— Peut-être qu'il aimerait le tube à youhou, proposa Maria.

Rosalie le prit sur la table et l'amena à la hauteur du chiot. Doucement, elle le traîna sur le plancher.

— Qu'est-ce que c'est? demanda-t-elle. Oh! Ça a l'air amusant.

Avec hésitation, Caramel posa une patte dessus.

Qu'est-ce que c'est que cette chose?

Rosalie le lui enleva, pour le taquiner un peu. Puis elle l'approcha encore de lui. Le chiot ne put résister : il se jeta sur le rouleau et le mordit.

Je vais t'avoir!

Rosalie éclata de rire.

— Tu deviens plus courageux, mon petit! lui dit-elle.

Quand M. Santiago rentra, les chiots, épuisés, en étaient à leur deuxième sieste de la matinée (après une autre brève sortie, bien sûr). Rosalie et Maria, étendues chacune à un bout du canapé, se réveillaient lentement.

— Finalement, on dirait qu'ils ne sont pas difficiles du tout, hein? fit M. Santiago quand il aperçut les chiots confortablement endormis les uns sur les autres dans leur parc.

Rosalie et Maria éclatèrent de rire.

— Je pense que c'est environ trois cents fois plus de travail de s'occuper de trois chiots que d'un seul, fit Rosalie en se frottant les yeux.

— Devine quoi? lui dit M. Santiago. Mme Daigle est d'accord avec toi. Elle est quasi certaine que ce sont des puggles.

— Génial! s'exclama Rosalie.

— Et c'est la raison pour laquelle personne du coin n'en voudra, du moins selon Mme Paquette, la dame qui gère le magasin dans lequel j'ai fait les courses.

M. Santiago regardait les chiots, les sourcils

froncés.

— Pourquoi pas? s'enquit Rosalie.

— Parce que la plupart des gens d'ici utilisent leurs chiens pour la chasse. Ils n'ont rien contre les beagles, qui peuvent dénicher des lapins, mais ils n'ont rien à faire d'un chien de compagnie, expliqua M. Santiago. Mme Paquette pense que le beagle de quelqu'un s'est sûrement accouplé avec le carlin d'un visiteur estival, et que personne ne voudra de leurs petits.

— Donc, si nous ne leur trouvons pas de famille d'ici notre retour, est-ce que Mme Daigle les prendra? demanda la mère de Maria.

M. Santiago secoua la tête.

— Elle disait dans son courriel qu'elle n'avait pas de place pour eux, parce que le refuge est plein à craquer. Je pense que nous allons devoir aller les porter au refuge du village avant de partir. Soit ça, soit ta famille devra s'en occuper, dit-il en se tournant vers Rosalie, les sourcils arqués.

— Nous allons leur trouver des foyers, affirma

Rosalie.

Il le fallait. Bien sûr, elle n'avait pas envie d'aller les porter dans un refuge, mais il y avait très peu de chances que sa famille les prenne. Pas pendant l'année scolaire. De plus, elle était épuisée. Même si elle arrivait à convaincre son père et sa mère d'accueillir les trois chiots, elle ne tiendrait sûrement pas bien longtemps.

— Je vous promets que nous y arriverons. Regardez comme ils sont adorables. Ça ne devrait pas être si difficile, non?

Ils baissèrent tous les yeux vers les chiots, blottis les uns contre les autres dans le parc. La jeune fille ne pouvait se tromper. Bien sûr, les chiots demandaient beaucoup d'attention, mais qui pourrait leur résister?

CHAPITRE SIX

— En passant, Rosalie, dit M. Santiago, ta tante Amanda veut te parler des chiots. Elle m'a réécrit immédiatement.

— Mais comment puis-je la joindre? s'enquit Rosalie.

Les cellulaires fonctionnaient à peine près du chalet et il n'y avait pas de téléphone fixe.

— Je vais te conduire au magasin plus tard cet après-midi, répondit le père de Maria. Le réseau est bien meilleur là-bas.

Rosalie mourait d'envie de parler des chiots à sa tante. Elle savait qu'Amanda l'envierait, parce qu'elle adorait les carlins. En fait, elle en avait trois! Elle disait souvent que les carlins étaient un peu comme les croustilles : une fois qu'on commençait, il était difficile de s'arrêter.

Tante Amanda songeait-elle à adopter un des chiots? Ou les trois? Rosalie sentit son cœur s'accélérer. Ce serait le meilleur foyer possible pour Nougat, Caramel et Praline. Puis elle pensa à son oncle François et se dit que ça n'arriverait sûrement pas. Il aimait presque autant les chiens qu'Amanda, mais il trouvait toutefois que trois carlins et un gros golden retriever âgé, nommé Bouly, suffisaient amplement.

Rosalie devrait patienter un moment avant de savoir ce que sa tante voulait lui dire. M. Santiago n'était pas pressé de retourner au magasin. Quand il était au chalet, il travaillait toujours sur quatre ou cinq projets en même temps. Il passait ses journées à s'activer dans la remise à bois, à tailler les broussailles près des toilettes ou à tracer de nouveaux sentiers jusqu'au lac. Rien de plus normal. Maria et elle avaient aussi des projets.

— Tu veux construire des maisons de fées, comme

nous l'avions prévu? lui demanda Maria après le dîner. Si nous nous installons à la lisière de la forêt, les chiots pourront jouer dans l'herbe. À nous deux, nous devrions arriver à les surveiller.

— Bonne idée, répondit Rosalie.

Maria lui avait souvent parlé des maisons de fées. Son père et elle en construisaient dans les bois autour du chalet. Rosalie en avait vu en photo, mais elle n'en avait jamais fabriqué. Elle aimait l'idée de confectionner de minuscules maisons à l'aide des objets qu'elles (ou les fées!) trouveraient dans la forêt.

Elles sortirent avec les chiots. Dans leur empressement à aller courir dans l'herbe haute, Praline et Nougat foncèrent l'un sur l'autre. Caramel trottinait quant à lui près de Rosalie, ou plutôt zigzaguait entre ses jambes, ce qui faillit la faire trébucher.

Une fois à l'orée des bois, les deux amies s'engagèrent sur l'un des sentiers menant au lac et Rosalie eut envie de continuer.

— Que dirais-tu d'aller jeter un coup d'œil au lac? proposa-t-elle.

Elle adorait ce petit lac caché dont les éclats argentés brillaient au milieu des conifères sombres. Même si elle y avait déjà vécu un moment épouvantable avec un chien d'eau portugais nommé Chocolat qu'elle avait amené au chalet.

— Ce n'est pas une bonne idée, répondit Maria. Du moins, pas avec les chiots. Que ferions-nous si l'un d'eux tombait à l'eau? Le lac est vraiment froid en ce moment.

Rosalie savait que son amie avait raison. On était à la fin de l'automne et la plupart des feuilles étaient tombées. Les nuits étaient fraîches et un voile de brume recouvrait le sol tôt le matin.

— D'accord, fit-elle alors qu'elles retournaient plus près du chalet. De quoi avons-nous besoin pour les maisons de fées?

Maria ramassa des brindilles et des bouts d'écorce rosée de bouleau. Elle et Rosalie explorèrent la lisière de la forêt à la recherche de racines tordues, de jolis cailloux et de minuscules fougères qui pourraient être déterrées doucement, puis replantées. Au pied d'un immense érable, elles créèrent ensuite un petit village conçu pour de minuscules habitants : de petites maisons au toit de chaume dont la porte d'entrée était ornée de fougères, un terrain de jeux fait de brindilles coincées dans la mousse verte bien moelleuse qui poussait à cet endroit et même une école faite de gros morceaux d'écorce et à laquelle on accédait par un sentier de cailloux.

Les chiots les « aidèrent » en attrapant chaque brindille et morceau d'écorce qu'ils pouvaient. Ils les traînaient ensuite dans l'herbe alors que Rosalie et Maria les poursuivaient, s'amusant de leurs singeries. Caramel avait besoin d'encouragements pour se joindre à eux. Rosalie lui lançait des mottes de mousse séchée pour qu'il les rapporte. Il se ruait vers celles-ci, mais semblait ensuite terrifié à l'idée de les soulever. Il les flairait, puis reculait.

C'est quoi, cette chose effrayante?

Nougat et Praline étaient quant à eux très enjoués. Nougat essayait de grimper sur Maria chaque fois qu'elle s'assoyait pour placer une brindille ou lisser la mousse.

Bonjour! Je t'aime!

Praline tenta de se faufiler dans l'école, qui s'écroula. Elle se laissa tomber sur le derrière et regarda Rosalie d'un air innocent.

Oups! Je n'ai pas fait exprès!

Trop occupée par les chiots et les maisons de fées, Rosalie vit à peine l'après-midi passer.

— Es-tu prête, Rosalie? demanda M. Santiago tandis qu'il sortait de la remise à outils en s'essuyant les mains sur un chiffon graisseux. Je ne dirai pas non à une tasse de café une fois là-bas.

— Mais ne mets pas de sucre dedans, le taquina Maria. C'est une question d'honneur.

Son père sourit.

— C'est promis, fit-il. Pas de sucre dans mon café.

Maria lui emprunta son téléphone pour photographier les maisons de fées.

— Avant que les chiots ne les démolissent, précisa-t-elle.

Rosalie s'agenouilla pour replacer un bout d'écorce et une fougère qui penchait. Elle adorait la petite ville qu'elles avaient construite, même si elle ne durerait pas. Si seulement elle pouvait habiter une minuscule maison en bois parée d'un toit vert tout doux! Ça devait être tellement confortable.

M. Santiago se racla la gorge.

— Es-tu prête? répéta-t-il.

Rosalie se releva, puis s'essuya les mains.

— Je suis prête, annonça-t-elle.

Après avoir aidé Maria à ramener les chiots à l'intérieur et les avoir embrassés au moins deux fois chacun, elle suivit M. Santiago sur le sentier menant à la voiture.

En route vers le magasin, elle observa le paysage. Elle constata que l'endroit était beaucoup plus « sauvage » que la région où vivaient ses cousins. Ici, il n'y avait pas de grands espaces ouverts ni de grosses maisons. On apercevait plutôt de longues entrées qui serpentaient entre les arbres, des écriteaux ENTRÉE INTERDITE et de petites habitations devant lesquelles étaient garées de vieilles camionnettes.

Rosalie avait l'impression que les gens du coin n'étaient pas très riches. Elle se demanda si c'était pour cette raison que les chiots avaient été abandonnés. Peut-être que les propriétaires n'avaient pas les moyens de les garder.

Le magasin était un vieux bâtiment délabré devant lequel se trouvaient des pompes à essence d'allure ancienne. Une fois à l'intérieur, Rosalie perçut une odeur. Elle inspira, puis gémit doucement.

— Oh! ça sent vraiment bon! s'exclama-t-elle.

Elle en avait l'eau à la bouche.

— Je viens de sortir une autre tarte aux pommes du four. Vous avez de la place pour une troisième part, aujourd'hui? demanda la femme derrière le comptoir.

Rosalie la dévisagea. Une troisième part? Elle n'en avait eu aucune. C'est alors qu'elle se rendit compte que la dame regardait M. Santiago. Elle se tourna vers lui. Il rougit.

CHAPITRE SEPT

— Vraiment? lui demanda Rosalie. Deux pointes de tarte?

— Avec de la crème glacée! Je n'ai jamais vu personne engloutir une assiette de tarte aussi vite que vous l'avez fait ce matin, s'exclama la dame.

Rosalie conclut que ce devait être Mme Paquette.

— Vous deviez mourir de faim, continua-t-elle.

M. Santiago fixait ses souliers.

— Je, eh bien, je...

— Et que faites-vous du code d'honneur? fit Rosalie en le dévisageant, les mains posées sur les hanches. Nous ne sommes pas censés manger de sucre.

— Oh oh! Moi et ma grande bouche. J'imagine

que vous êtes dans le pétrin, maintenant, dit Mme Paquette, le sourire fendu jusqu'aux oreilles.

M. Santiago haussa les épaules, puis leva les mains en signe d'impuissance.

— Coupable, dit-il. Je sais que c'était mal, mais je n'ai pas pu résister à l'odeur de cette tarte.

Rosalie inspira de nouveau. Ça sentait si bon. Il flottait dans l'air une odeur de cannelle mêlée à celle de la cassonade. Difficile de le blâmer.

— Bon, et cet appel? lança M. Santiago.

Il était clair qu'il cherchait à changer de sujet. Il sourit à Mme Paquette.

— Non. Pas d'autre tarte aujourd'hui. Je vais me contenter d'une tasse de café. Sans sucre.

Il sortit son téléphone et le tendit à Rosalie.

La jeune fille ne fit que hocher la tête. Elle se demandait si elle devait en parler ou le laisser s'en tirer. Elle détestait dénoncer les gens. Et après tout, ce n'était que deux pointes de tarte. En revanche, il avait accepté de ne pas manger de sucre pendant toute la fin de semaine.

— Le signal est meilleur à l'extérieur, sur le porche, fit M. Santiago.

Rosalie baissa les yeux vers le téléphone qu'elle tenait.

— D'accord, dit-elle. Je reviens tout de suite.

— Tu ne me surprendras pas en train de manger de la tarte, promis, répondit-il.

Rosalie ouvrit la porte et sortit. Elle s'installa dans une chaise berçante placée sur le porche, puis composa le numéro de sa tante.

— Allô?

La communication n'était pas très bonne. Rosalie n'était même pas certaine d'avoir composé le bon numéro.

— Tante Amanda? demanda-t-elle.

— Rosalie? Est-ce que c'est toi?

— Oui, c'est moi, répondit Rosalie. M. Santiago m'a dit que tu voulais que je t'appelle.

— Trps mfus pald chiots, fit tante Amanda.

Du moins, c'est ce que Rosalie entendit.

Et la connection ne s'améliorait pas.

— Oui, les chiots! s'exclama-t-elle. Nous en avons trois. Ils sont adorables. Nous les avons nommés Caramel, Nougat et Praline.

— Carrousel? s'enquit sa tante. Ti-gars? Maline? Presque. Rosalie sourit.

— J'aimerais que tu sois ici pour nous donner des conseils.

— Martsn bitdler, répondit Amanda. Calndren du vi mâles?

— Deux mâles, dit Rosalie, espérant que c'était ce que sa tante voulait savoir. Deux mâles et une femelle.

— Brien, dit sa tante. Je vodenais mati atak.

Rosalie leva les yeux au ciel. C'était ridicule. Elle ne comprenait pas un traître mot de ce que sa tante lui disait.

— Je pense qu'ils ont environ six semaines, ajouta-t-elle au cas où sa tante l'entendait mieux que Rosalie pouvait l'entendre. Et comme moi, Mme Daigle croit que ce sont probablement des puggles. Je doute qu'on puisse leur trouver un foyer dans la région. J'espère pouvoir les ramener avec nous à Saint-Jean.

— Prav.

Ce fut la dernière chose que dit sa tante avant que la communication ne coupe. Rosalie regarda le téléphone. Un seul point y apparaissait. Sur le cellulaire de sa mère, cela signifiait qu'il n'y avait quasiment aucun réseau. Ça ne valait pas la peine d'essayer de la rappeler, du moins, pas tout de suite. Elle retourna dans le magasin et tendit le téléphone à M. Santiago, qui buvait son café. Aucune trace de tarte.

— Est-ce qu'elle t'a suggéré quelque chose? demanda-t-il.

Rosalie secoua la tête.

— Si oui, je ne l'ai pas entendu. Le téléphone ne fonctionnait pas très bien.

— Le réseau varie continuellement dans les environs, dit Mme Paquette. Ça dépend du moment de la journée, de la température et probablement de la position des étoiles et des planètes, j'imagine. Tu devrais réessayer. La communication sera sûrement meilleure.

— Peut-être demain, dit Rosalie, qui avait hâte de retrouver les chiots.

Sur le chemin du retour, M. Santiago se tourna vers la jeune fille, souriant d'un air gêné.

— Alors? Vas-tu me dénoncer? demanda-t-il.

— Ça dépend, répondit Rosalie en croisant les bras.

— Ça dépend de quoi?

— De si vous arrêtez de parler d'aller porter les chiots au refuge du coin, fit-elle. Ils ont besoin d'un bon foyer et je ne pense pas qu'on en trouvera un ici.

M. Santiago hocha la tête.

— D'accord, dit-il. Je commence aussi à me dire qu'il vaudrait mieux les ramener avec nous à Saint-Jean. Et de mon côté, je promets de ne plus manger de sucre en cachette.

— Marché conclu, fit Rosalie alors que la voiture s'engageait dans l'espace de stationnement du chalet.

Elle sortit précipitamment de la voiture et se

dirigea vers le sentier. Elle avait hâte de revoir les trois chiots. Elle distança vite M. Santiago, enjambant dans sa course les racines et les roches. Mais quand elle arriva au chalet, elle aperçut Maria assise dans les marches. Elle pleurait.

Rosalie courut vers son amie.

— Qu'est-ce qui se passe? demanda-t-elle.

Maria réprima un sanglot.

— Praline a disparu, fit-elle.

CHAPITRE HUIT

— Disparue? Qu'est-ce que tu veux dire?

Rosalie s'assit à côté de son amie et lui passa le bras autour des épaules.

— Elle n'est plus là! J'ai regardé partout et je n'arrive pas à la retrouver.

Maria s'essuya le nez sur sa manche.

— Comment est-ce possible? demanda Rosalie. Est-ce que tu les surveillais?

Son amie éclata en sanglots.

— Oui! Oui! Je savais que tu penserais que c'était de ma faute. Mais je te jure que je ne les ai pas quittés des yeux. Nous sommes toujours restés à l'intérieur, sauf quand je les ai sortis un à la fois pour qu'ils fassent pipi.

— Je ne pense pas que c'est de ta faute, dit Rosalie en caressant le dos de son amie. Bien sûr que non. Mais où peut-elle bien être allée?

— C'est ce que je n'arrive pas à comprendre. Même Simba ne la trouve pas, et il a dû flairer chaque centimètre carré du chalet. Il sait que quelque chose ne va pas. Et les deux autres chiots n'arrêtent pas de geindre. Je pense qu'ils s'ennuient de leur sœur.

Maria baissa la tête et gémit.

— Ma belle! Qu'est-ce qui se passe?

M. Santiago, resté loin derrière, venait d'émerger de la forêt.

— Est-ce que ça va? demanda-t-il tandis qu'il courait vers le porche et prenait sa fille dans ses bras. Qu'y a-t-il? Ta mère va bien?

— Oui, nous allons bien, fit Maria entre deux sanglots. Mais Praline est partie.

— Partie? Où? répondit M. Santiago, qui semblait aussi sous le choc que Rosalie.

— Je ne sais pas! s'écria Maria. C'est ce que j'essaie de vous dire!

— Ça va, ça va, fit son père en l'attirant un peu plus vers lui. Rentrons dans le chalet pour discuter de tout cela calmement. Ce n'est qu'un chiot, elle ne devrait pas être difficile à retrouver.

Il aida sa fille à se relever et la guida à l'intérieur. Rosalie les suivit, l'estomac noué. Ça n'allait pas. Ça n'allait pas du tout.

Dans le chalet, les deux autres chiots ne cessaient de geindre, comme Maria l'avait dit. Leurs petits cris étaient à briser le cœur. Ils étaient assis dans leur parc, blottis l'un contre l'autre. Rosalie se dirigea droit vers eux, les prit puis les serra contre elle.

— Chut, ça va aller, fit-elle en embrassant le dessus de leur petite tête à l'odeur si douce.

Simba parcourait la pièce en tous sens en reniflant le plancher, le canapé, la boîte à bois près du poêle, les armoires de cuisine.

Mme Santiago était penchée au-dessus d'une malle et fouillait dans les couvertures et les oreillers. En les entendant entrer, elle se tourna vers eux.

— Je pensais qu'elle était peut-être coincée dans

la malle. Mais elle n'y est pas.

Elle se leva et posa les mains sur sa tête.

— Réfléchis! dit-elle pour elle-même. Si j'étais un chiot, où irais-je?

— Êtes-vous sûres qu'elle est à l'intérieur? demanda M. Santiago. Est-il possible que la porte soit restée ouverte?

Maria secoua la tête.

— Aucune chance, fit-elle. Non. Comme je l'ai dit, je les ai sortis chacun leur tour, mais je n'aurais jamais laissé la porte ouverte, même s'ils étaient dans leur parc.

Elle se remit à pleurer.

— Pourquoi est-ce que tout le monde pense que c'est de ma faute?

— Je ne t'accusais de rien, lui dit son père. Je ne faisais que demander. Calmons-nous et tentons d'être logiques.

Il réfléchit pendant un moment en se frottant le menton.

— Que diriez-vous si chacun d'entre nous

choisissait une pièce et la fouillait le plus en profondeur possible? Sous les lits, dans les tiroirs, derrière les meubles.

— Nous l'avons déjà fait, maman et moi, répondit Maria.

— Faisons-le encore, juste pour être certains.

M. Santiago se dirigea vers l'avant du chalet.

— Je m'occupe de la cuisine, dit-il.

Rosalie déposa délicatement les deux chiots dans leur parc, puis tapota la couverture en appelant Simba.

— Allez, fit-elle. Viens leur tenir compagnie. Ils ont besoin de toi.

Le gros chien hésitait. Il flaira la main de Mme Santiago, comme pour lui demander la permission. Elle l'encouragea à le faire en lui flattant la tête.

— Elle a raison, Simba. Prends soin des petits.

Simba grimpa dans le parc et s'installa à côté des chiots. Ils se blottirent contre lui et arrêtèrent presque tout de suite de gémir.

— Bons chiens, fit Rosalie.

Elle se releva et s'essuya les mains.

— Je vais inspecter notre chambre.

— Je vais m'occuper de celle des parents, ajouta Maria.

— Et moi, du salon, conclut Mme Santiago. Il n'y a pas beaucoup d'endroits où se cacher et je peux tous les atteindre avec mes mains.

Elle se dirigea vers le canapé, en retira les coussins, puis se mit à tâter un peu partout.

Rosalie jeta rapidement un œil à la chambre qu'elle partageait avec Maria. Elle partit d'un côté de celle-ci et en fouilla chaque recoin jusqu'à ce qu'elle arrive de l'autre côté. Elle souleva les oreillers et retira les édredons, vérifia sous les lits et ouvrit le petit placard où les Santiago rangeaient des vêtements chauds. Elle inspecta son sac à dos et celui de Maria, puis ouvrit les tiroirs des tables de nuit, même s'ils étaient trop petits pour cacher un chiot de la taille de Praline.

Pas de chiot.

— Pas de chiot, annonça M. Santiago en sortant de la cuisine.

— Pas de chiot, firent en chœur Maria et sa mère.

Maria se laissa lourdement tomber sur le canapé et se remit à pleurer, mais silencieusement, cette fois. Sa mère s'assit à côté d'elle et lui caressa le bras.

— Réfléchis! Réfléchis! dit-elle encore pour elle-même.

Elle dirigea son visage vers le plafond. La pièce était tellement silencieuse qu'on entendait le feu crépiter dans le poêle. Soudain, Mme Santiago se leva, une main sur la bouche.

— Peut-être que la porte était ouverte, dit-elle. Juste pendant une minute. Quand Simba et moi sommes sortis chercher du bois pour le feu.

— J'étais dehors avec Caramel, fit Maria. Je t'ai vue aller à la remise.

Elle se leva aussi.

— Les autres chiots étaient dans le parc, poursuivit-elle. Je me suis dit qu'il n'y avait pas de danger.

Mme Santiago avait le visage livide.

— Mais si Praline a réussi à sortir du parc, puis du chalet... elle peut être n'importe tout! conclut-elle en secouant la tête.

CHAPITRE NEUF

Ils se regardèrent les uns les autres.

— Que fait-on? demanda Maria.

Rosalie remarqua que son amie avait la lèvre qui tremblait. Mais elle serrait aussi les poings et avait un regard déterminé. Elle tentait très fort de retenir ses larmes.

— Il nous faut un plan, ajouta-t-elle.

— Amenez Simba dehors, suggéra sa mère. Il va savoir où chercher. Je vais rester avec les chiots.

— Bonne idée, fit M. Santiago. Venez, les filles.

Il claqua la langue et appela Simba.

— Viens, mon grand. Nous avons du travail.

Simba ne bougea pas. Il semblait penser qu'il avait déjà un travail : prendre soin des deux autres chiots.

— Maman, dis-lui que ça va, fit Maria.

Mme Santiago s'approcha du parc et allongea le bras pour poser la main sur la tête du chien.

— Ça va aller, mon beau, dit-elle. Je vais rester ici avec eux. Va dehors et retrouve leur sœur.

Simba se leva. Caramel et Nougat se remirent à gémir, mais Mme Santiago les prit et les rassura.

— Tout va bien, les petits, leur dit-elle.

Simba leur jeta un dernier regard inquiet, puis se retourna et suivit M. Santiago et les filles dehors.

— Où est Praline? dit Rosalie à Simba de la même façon qu'elle demanderait à Biscuit de trouver son jouet préféré.

Biscuit parvenait généralement à retrouver M. Canard ou son ballon de football éponge quand elle le lui demandait. Il courait partout en reniflant les objets avec ardeur, puis se ruait sur la chose, s'en emparait et revenait fièrement montrer son butin en se dandinant.

Simba se tenait sur le porche, le museau en l'air. Il flairait les alentours. Ses narines remuaient tandis qu'il identifiait les odeurs près du chalet. Rosalie savait que l'odorat de Simba, en fait, celui de tous les chiens, était environ dix mille fois plus sensible que le sien. Elle parvenait à sentir l'odeur des pins, celle terreuse des feuilles humides sur le sol et peut-être un tout petit peu celle du lac. Simba, quant à lui, arrivait sûrement à percevoir l'odeur d'une tanière de coyote située à cinq kilomètres de là, d'un lièvre sautillant dans la forêt ou peut-être même de la personne qui avait laissé la boîte sur le porche.

À la pensée des coyotes, elle frissonna. Elle les avait déjà entendus hurler la nuit, lors de visites précédentes. Praline ferait un goûter parfait pour un coyote affamé.

— Où est-elle, Simba? redemanda-t-elle. Trouve-la. Trouve Praline.

Simba la regarda. Puis il huma l'air encore un peu. Il bondit ensuite du porche et se colla le museau au sol, qu'il flairait très attentivement. Il se mit à aller et venir à toute vitesse, flairant l'herbe devant le chalet. À un moment, il s'arrêta et leva la tête bien haut, comme s'il écoutait quelque chose, puis colla de nouveau son museau au sol.

Soudain, il commença à remuer la queue. Il renifla le sol, puis le fit avec encore plus d'ardeur, et se mit ensuite à courir en ligne droite.

— Je pense qu'il a repéré son odeur, lança M. Santiago. Suivez-le.

Rosalie et Maria sautèrent du porche et coururent à la suite de Simba. Le museau toujours au sol, le chien fila derrière le chalet, puis fonça vers la remise.

— Oh! fit M. Santiago qui les avait suivis à la course. Peut-être pas. Il ne fait probablement que suivre la piste de ta mère, Maria.

Simba s'arrêta devant la porte de la remise et se mit à japper. Il leva une patte et gratta sur la porte.

Il jappa de nouveau. Et gratta encore sur la porte.

Puis, pendant un moment de silence, Rosalie entendit aussi : un minuscule gémissement provenant de l'intérieur de la remise.

— Elle est là-dedans! cria-t-elle tandis qu'elle courait ouvrir la porte.

Effectivement, dès qu'elle l'ouvrit, Praline déboula à l'extérieur de la remise. Puis elle se secoua, projetant des copeaux de bois dans tous les sens. Elle bondit vers Simba en aboyant joyeusement.

Oh là là! Je suis heureuse de te revoir, mon vieux!

Simba la flaira et se mit à remuer la queue très fort. Rosalie prit Praline dans ses bras.

— Vilaine fille! lui dit-elle en la serrant contre elle. Tu nous as fait peur.

Praline renifla la joue de Rosalie, puis lui mordilla le menton.

Quel est le problème? Je vais bien. Ce n'était qu'une petite aventure.

Maria essuya ses larmes et tendit les bras.

— C'est à mon tour de prendre cette petite fripouille, dit-elle.

Rosalie la lui tendit, et Maria se frotta la joue

contre la tête du chiot.

— Quel bon garçon tu fais, Simba, dit M. Santiago en caressant le chien.

Il lui ébouriffa les oreilles, puis s'accroupit pour lui embrasser la tête.

— Tu es un héros! Rentrons. Tu vas avoir droit à une belle récompense.

— Nous allons aussi te ramener à l'intérieur pour que tu puisses retrouver tes frères, dit Maria à Praline.

— Mieux encore, je vais aller les chercher, proposa Rosalie. Je suis certaine qu'ils seront heureux de prendre l'air. J'ai vraiment hâte de dire à ta mère que nous avons retrouvé Praline.

Rosalie courut à l'intérieur pour annoncer la bonne nouvelle à Mme Santiago, qui se mit alors à pleurer.

— Quel soulagement! fit-elle. Je ne me le serais jamais pardonné s'il était arrivé quelque chose à cette adorable petite.

— Ce n'était pas votre faute, affirma Rosalie. Qui

aurait pu se douter que Praline avait découvert comment sortir du parc?

Elle se pencha par-dessus le parc pour prendre les deux autres chiots et les mit contre sa poitrine.

— Il y a une surprise pour vous, leur dit-elle.

Elle ressortit du chalet et les déposa dans l'herbe près de Praline.

Les trois chiots coururent les uns vers les autres en poussant de petits cris de joie.

Nougat donna un petit coup de patte sur le museau de Praline.

Te voilà enfin!

Caramel roula sur le dos et lécha le menton de sa sœur.

Tu nous as manqué!

Praline bondit sur les deux chiots.

Youpi! Je me suis ennuyée aussi.

Rosalie et Maria regardaient les petits s'amuser. Elles riaient toutes deux, les larmes aux yeux.

— Comment pourrions-nous les séparer? demanda Rosalie. Ce serait tellement mieux d'arriver à trouver quelqu'un qui serait prêt à les prendre tous les trois.

Mais elle savait que c'était peu probable.

— Ce ne sera pas facile, répondit Maria. Qui a assez d'espace pour accueillir trois chiens?

À ce moment, une voix retentit en provenance du sentier.

— Youhou! Il y a quelqu'un?

CHAPITRE DIX

— Ouh là! Mme Paquette était sérieuse quand elle disait que votre chalet était plus loin que loin, déclara une femme au visage rouge visiblement essoufflée par la montée.

Elle s'approcha, puis tendit la main.

— Gloria, annonça-t-elle. Je viens pour les chiots gratuits.

Rosalie et Maria échangèrent un regard, puis se relevèrent et serrèrent la main de l'étrangère.

— Est-ce que c'est Mme Paquette qui vous a parlé d'eux?

— Oui. Je suis celle qui prépare les tartes. Je viens juste d'aller lui en livrer quelques-unes aux bleuets. Elle m'a dit que vous aviez des chiots à donner. Et comme elle a ajouté que vous n'aviez pas le téléphone, je me suis dit que j'allais venir vous voir directement.

Elle jeta un œil aux chiots.

— Eh bien, on dirait que ce ne sont encore que de minuscules choses.

— Des tartes? s'enquit Maria.

— Ils ont probablement environ sept semaines, s'empressa de dire Rosalie avant que Gloria ne puisse répondre. Mais ils ont déjà tous une personnalité bien à eux.

Rosalie entreprit ensuite de lui décrire chacun des chiots.

Elle avait remarqué que Gloria n'avait pas prononcé les mots « mignon » ou « adorable ». Elle ne s'était pas non plus accroupie pour les saluer. Elle restait seulement plantée là à les regarder, l'air de se demander en quoi ils pourraient bien lui être utiles. Rosalie sentit un frisson lui traverser l'échine. Ce n'était pas parce que les tartes de cette femme étaient délicieuses qu'elle était pour autant la bonne personne pour s'occuper des chiots. Comme ils avaient été séparés de leur mère très jeunes, ils avaient besoin d'amour. De beaucoup d'amour. Néanmoins, les chiots avaient aussi besoin d'un foyer. Peut-être valait-il mieux donner une chance à Gloria. Elle ne voulait pas non plus se montrer impolie.

Elle s'agenouilla et prit Nougat et Praline. Maria prit Caramel.

— Souhaitez-vous en adopter un? demande Rosalie.

— Nous prendrons les trois, je pense, fit Gloria. Simon, mon mari, veut essayer de les entraîner à chasser le lapin. Ils sont bien à moitié beagle?

Elle jeta un regard aux chiots en plissant les yeux.

— Parce qu'ils n'en ont vraiment pas l'air, poursuivit-elle.

— Eh bien, nous pensons que oui, dit Rosalie prudemment. Mais nous ne promettons rien. Ils sont simplement apparus sur notre porche.

— C'est ce qu'on m'a dit, répondit Gloria. Ils ne

sont donc pas vraiment à vous?

— Euh… commença Rosalie.

Elle jeta un regard vers le chalet, espérant voir apparaître M. et Mme Santiago.

Maria sembla lire dans ses pensées.

— Je vais aller chercher mon père et ma mère, dit-elle.

Elle tendit Caramel à Rosalie et se dirigea vers le chalet.

— Donc, votre mari sait dresser les chiens? s'enquit Rosalie.

Elle avait de la difficulté à garder les trois chiots dans ses bras, car ils se tortillaient sans cesse. Elle déposa Caramel et Nougat, mais continua de tenir fermement Praline.

— Il essaie, fit Gloria en soupirant. Mais jusqu'à maintenant, il n'a pas eu beaucoup de succès. Je vous jure, il a mis beaucoup d'argent dans cet enclos extérieur de luxe, ces colliers électriques et tout le reste. On s'attendrait à ce qu'il ait quelques peaux de lapin à montrer en échange, mais non. Jusqu'à maintenant, tous ses chiens sont des ratés. Il espère que ça se passera mieux avec ceux-ci.

Rosalie ferma les yeux. Un enclos? Des colliers électriques?

— Les chiens vivraient donc dehors? demanda-t-elle.

Elle savait que les gens qui utilisaient les chiens pour la chasse les gardaient souvent à l'extérieur dans de grands enclos dotés de hautes clôtures électriques. Quand ils avaient assez chaud et suffisamment d'eau et de nourriture, ça pouvait aller. Mais ça lui brisait le cœur d'imaginer que ces mignons petits chiots passeraient leur vie dans une maison faite de contreplaqué et dormiraient sur de la paille. Et des colliers électriques? Elle n'aimait pas l'idée. Pas du tout, même.

— De plus, reprit Gloria, si ça ne fonctionne pas, nous pourrons toujours les vendre. Selon ma cousine, les gens de la ville sont prêts à payer une fortune pour ces soi-disant « chiens hybrides ».

Cela ne rassura pas du tout Rosalie. Gloria et son mari veilleraient-ils à trouver de bons foyers pour les chiots?

— Hmmm, je ne sais pas si... commença-t-elle juste au moment où la porte du chalet s'ouvrait.

— Bonjour, lança M. Santiago en sortant, puis en se dirigeant vers Gloria pour lui serrer la main. Vous êtes donc intéressée par les chiots?

— En effet. Mais cette jeune fille ne semble pas prête à s'en départir, répondit Gloria en laissant échapper un rire faussement joyeux.

— Eh bien, c'est important pour nous de leur trouver un bon foyer, expliqua Mme Santiago, qui venait aussi de sortir.

— Êtes-vous en train de dire que ma maison n'est pas assez bien pour eux? rétorqua Gloria en mettant les mains sur ses hanches. Je suppose qu'au moins l'un d'entre vous trouve que mes tartes valent la peine d'être mangées.

— Non, non, non! s'exclama M. Santiago qui rougissait à vue d'œil.

Il leva les mains au ciel.

— Ce n'est pas que... commença-t-il.

— Bonjouuuuur! fit une voix provenant du bout du sentier.

Rosalie se retourna... et sourit.

— Tante Amanda! fit-elle.

— En plein dans le mille, dit sa tante en lui rendant son sourire. Je suis venue le plus rapidement que j'ai pu. Vous n'avez encore donné aucun des chiots, n'est-ce pas?

Elle alla droit vers Nougat et Caramel, puis s'agenouilla et les laissa monter sur elle. Ce n'est qu'ensuite qu'elle se dirigea vers Rosalie, la serra dans ses bras, puis prit Praline.

Rosalie jeta un œil vers Gloria.

— Euh, non, dit-elle. Pas encore.

— Tant mieux, parce que j'étais la première sur la liste, n'est-ce pas? Je sais que comme la communication était vraiment mauvaise tu ne pouvais pas entendre tout ce que je disais, mais j'espère que tu avais au moins compris ça.

Sa tante s'assit sur le sol avec les trois chiots et se mit à rire tandis que Nougat lui mordillait l'oreille,

Praline tentait de lui sauter sur la tête et Caramel se laissait gratter entre les oreilles.

— Mon amie Susie recueille les puggles. Sa liste d'attente est longue. Et tous les gens qui s'y trouvent sont de bons maîtres qui meurent d'envie d'adopter un chiot.

Rosalie sourit.

— Vraiment? C'est fantastique!

Trois foyers chaleureux seraient beaucoup mieux qu'un enclos extérieur et des colliers électriques. Elle jeta un regard à Gloria, haussa les épaules, puis leva les mains vers le ciel.

— Désolée, lui dit-elle. Tout compte fait, j'imagine qu'ils ne sont pas disponibles.

Pendant un instant, Gloria eut l'air sur le point de dire quelque chose, peut-être quelque chose de méchant. Mais elle haussa plutôt les épaules.

— Tant pis, fit-elle. Je n'étais pas très enthousiaste à l'idée de dépenser autant d'argent pour de la nourriture pour chiens de toute façon. Simon devra continuer ses recherches.

Elle fit un signe de tête, se retourna, puis fit quelques pas vers le sentier.

— Merci quand même, lança-t-elle par-dessus son épaule en empruntant le sentier. Et n'oubliez pas : je viens d'aller porter quelques tartes au magasin. Si vous avez aimé celle aux pommes, vous adorerez celle aux bleuets.

Au moment où elle disparut, Rosalie laissa échapper un long soupir.

— Fiou! dit-elle à sa tante, tu es arrivée juste à temps.

— Tant mieux! répondit Amanda.

Elle avait maintenant Nougat dans les bras et se frottait le nez contre la petite tête de l'animal.

— On voit tout de suite que ces chiots sont en super forme. Vous avez bien pris soin d'eux, ajouta-t-elle.

Rosalie se laissa tomber à côté de sa tante et mit Praline sur ses genoux. Maria s'assit également et prit Caramel. Elles se regardaient l'une l'autre en souriant.

— Merci, tante Amanda, dit Rosalie.

Peut-être qu'après tout elle savait vraiment s'occuper des chiots... avec de l'aide.

— Ça a été beaucoup de travail, mais tout le monde s'y est mis.

— Je pense que tout ça mérite d'être célébré, annonça Mme Santiago. Notre fin de semaine sans sucre peut attendre. Depuis que j'ai entendu le mot tarte, je meurs d'envie d'en manger une grosse part.

Elle jeta un regard complice à son mari.

— J'ai l'impression que tu sais où en trouver.

— Euh, fit-il.

Il se tourna vers Rosalie, qui leva les mains pour lui faire comprendre qu'elle ne l'avait pas trahi. Il se retourna ensuite vers sa femme, puis hocha la tête.

— Oui, je pense que je peux nous trouver de la tarte, et peut-être aussi de la crème glacée?

Il sortit ses clés de voiture de sa poche.

— Je reviens tout de suite.

Rosalie et Maria restèrent à l'extérieur avec tante Amanda. Elles lui parlèrent des chiots tandis que le soleil se couchait et que la noirceur s'installait. Quand Rosalie aperçut une étoile filante, elle savait déjà ce qu'elle souhaitait :

— Que ces chiots aient une vie heureuse dans une famille où ils seront aimés et en sécurité, dit-elle, les yeux levés vers le ciel et serrant Praline tout contre elle. Que *tous* les chiots aient cette chance. C'est mon seul souhait.

Sa tante lui mit un bras autour des épaules et lui embrassa le sommet de la tête.

— C'est un souhait merveilleux, dit-elle. J'espère qu'il se réalisera.

— Moi aussi, ajouta Maria.

Elle éclata ensuite de rire.

— Et je pense que *mon* souhait est en train de se réaliser, poursuivit-elle.

Elle pointa le doigt vers le faisceau de lumière qui semblait flotter dans la forêt.

— Mon père arrive avec la tarte!

EN SAVOIR PLUS SUR LES CHIOTS

Les très jeunes chiots ont besoin de soins particuliers et d'énormément d'attention. Comme les chiots de ce livre, tous les très jeunes chiots doivent sortir souvent pour faire leurs besoins. Ils dorment aussi beaucoup, se chamaillent les uns avec les autres et mordillent tout ce qu'ils trouvent pour découvrir le monde qui les entoure. Si tu n'as pas l'occasion d'observer de vrais chiots, demande à tes parents ou à ton enseignant de t'aider à trouver une vidéo de type « puppy cam », qui te permettra de voir toute une portée de chiots grandir. C'est vraiment amusant!

Chères lectrices, chers lecteurs,

Depuis CHICHI et WAWA, j'avais envie d'écrire un autre livre mettant en vedette plus d'un chiot... et j'ai toujours eu envie de raconter l'histoire de petits puggles mignons et espiègles. Au départ, l'histoire devait porter sur deux chiots. Puis je me suis dit : « Pourquoi pas trois? » Et il en a été ainsi. (Un des principaux avantages de l'écriture, c'est de pouvoir inventer ce que l'on veut.) En ce qui concerne le nom des chiots, eh bien, je dois avouer que, comme M. Santiago, j'ai un faible pour les sucreries! J'espère que tu as eu autant de plaisir à lire l'histoire de Praline, Caramel et Nougat que j'en ai eu à l'écrire.

Caninement vôtre,
Ellen Miles

P.-S. Si tu veux découvrir un autre livre mettant en vedette plus d'un chien, je te suggère BISCUIT. Tu pourrais aussi lire MAGGIE ET MAX, qui raconte l'histoire d'un chiot... et d'un chaton!

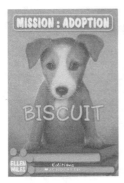 

À PROPOS DE L'AUTEURE

Ellen Miles adore les chiens et prend énormément de plaisir à écrire les livres de la collection *Mission : Adoption*. Elle est l'auteure de nombreux livres publiés aux Éditions Scholastic.

Elle habite au Vermont et elle pratique des activités de plein air tous les jours. Selon les saisons, elle fait de la randonnée, de la bicyclette, du ski ou de la natation. Elle aime aussi lire, cuisiner, explorer sa belle région et passer du temps avec sa famille et ses amis.

Si tu aimes les animaux, tu adoreras les merveilleuses histoires de la collection *Mission : Adoption*.